Evelyn Beyer

# Kennen Sie das noch?
## Die kühnen 50er Jahre in Hannover

# KENNEN SIE DAS NOCH?

## Die kühnen 50er Jahre in Hannover

# Inhaltsverzeichnis

# VORWORT

Liebevoll geschmückte Blumenwagen fahren im Korso durch eine zerbombte Stadt; Menschen, die gerade ein Dach über dem Kopf haben, sammeln für gemeinsame Projekte, für ihr Opernhaus, ihre Kirche. Und Geschäftsleute geben teure Grundstücke kostenlos her, damit die City ein modernes Gesicht erhalten kann. Eine kühne Aufbruchsstimmung zieht sich durch die 1950er Jahre in Hannover: Es geht aufwärts – von diesem intensiven Lebensgefühl ist diese Zeit so ungebrochen geprägt wie wohl kein anderes Jahrzehnt.

Man hat lange entbehrt, nun ist bei den Schlussverkäufen der Ansturm kaum zu bändigen, drängeln sich bei Festen und Kinopremieren die Menschenmassen. Man feiert und fährt, träumt vom eigenen Auto, spart auf den Fernsehapparat. Die Wirtschaft erholt sich rasch, die Industriemesse blüht, der Flughafen wird zum Tor zur Welt. Ganze Stadtteile werden aus dem Boden gestampft, um Flüchtlinge und Vertriebene aus Lagerbaracken zu holen; sie stellen fast ein Drittel der Einwohner.

Wie inmitten der Trümmer Mustersiedlungen wachsen, wie rasant ein Stadtbaurat seine Aufbau-Vision verwirklicht, wie die Menschen ihre Fußballhelden, die Deutschen Meister von 1954 feiern, wie sich im Unterstrom eine neue Kultur entwickelt: Das vermitteln die Bilder dieser Zeit, überwiegend von Fotografenlegende Wilhelm Hauschild eingefangen. Technisch sind sie meist schwarz-weiß, doch sie erzählen ungemein farbig von großen Momenten, vom Glück eines lange vermissten Alltags und von einer einzigartigen Zuversicht.

# ES GEHT AUFWÄRTS

Raus aus den Kellerlöchern, den einsturzgefährdeten Ruinen und den Lagerbaracken, wieder ein würdiges Leben führen mit Wohn- und Schlafzimmern, Küche und Bad: Das ist Anfang der Fünfziger für viele Menschen in Hannover der dringendste Wunsch. Von 147 222 Vorkriegswohnungen haben nur 7655 die verheerenden Luftangriffe schadlos überstanden. Der Aufbau kann gar nicht schnell genug gehen, zumal der Strom der Flüchtlinge und Vertriebenen anhält; 1953 stellen sie fast 28 Prozent von Hannovers Bevölkerung. Mit Geldern aus dem Marshallplan werden am Mittelfeld schnell und günstig 1000 Wohnungen geschaffen, dazu die »Constructa«-Bauten an der Hildesheimer Straße, benannt nach der Baumesse 1951, und das neue Kreuzkirchenviertel, ein Vorzeigemodell. In allen Stadtteilen wird in den Fünfzigern gemauert und geflickt, werden Wohnhäuser wieder hergerichtet.

Doch es schmerzen noch andere Bauwunden des Krieges. Das Opernhaus liegt in Trümmern, viele Kirchen sind zerstört. Ihr Wiederaufbau wird zum Symbol der Rückkehr der Kultur und der Identität nach Jahren des Ausnahmezustands. Die Heimkehr der eingelagerten oder gar für die Rüstung eingeschmolzenen Kirchenglocken wird zu großen Feiern des Friedens; die Ruine der Aegidienkirche erhält 1958 ein Glockenspiel und bleibt als Mahnmal für die Opfer von Krieg und Gewalt erhalten.

Auch für den neuen Landtag findet sich ein symbolträchtiger Sitz: Das schlimm zerstörte Leineschloss wird rekonstruiert und für den Plenarsaal ein nüchterner Kubus angebaut. Ein »Regierungsviertel aus demokratischem Geist« plant Stadtbaurat Rudolf Hillebrecht, deshalb werden die Ministerien am nahen Waterlooplatz angesiedelt.

*Bauarbeiten mit Symbolkraft. Zwar hat der Wohnungsbau oberste Priorität, doch die Menschen wollen auch »ihr« Opernhaus und »ihre« Kirche zurück.*

# OPERNHAUS

*Wie eine bittere Kriegswunde klafft der bis auf die Grundmauern zerstörte Lavesbau in der Innenstadt, zuvor der Stolz der Opernwelt. In einer Rekordzeit von zehn Monaten soll er wiederhergestellt sein, so verbürgt sich Stadtbaurat Rudolf Hillebrecht. Drei Millionen Mark zahlt die Stadt für den Aufbau.*

*Mit der musikalischen Komödie »Der Rosenkavalier« wird das Opernhaus am 30. November 1950 wieder eröffnet; beim Festakt am folgenden Morgen spricht der Dramatiker Carl Zuckmayer. Der Bau ist prachtvoll, die Akustik aber schwach.*

*In zwei Tombolas haben die Opernfreunde selbst 800 000 Mark für die Erneuerung aufgebracht – nun genießen sie die Feier.*

# MARKTKIRCHE

*Durch Brand- und Streubomben ist die Marktkirche stark beschädigt – wie auch ihre Umgebung. Architekt Dieter Oesterlen setzt beim Wiederaufbau auf die Wirkung des schlichten Ziegelsteins im Inneren. 1952 wird schließlich der Wetterhahn auf den 97 Meter hohen Turm gesetzt.*

*Ein schnittiges Auto gibts 1951 bei der Marktkirchen-Lotterie zu gewinnen. Losverkauf ist häufig die Stütze des Aufbaus.*

*Lange waren die Glocken eingelagert oder gar eingeschmolzen, nun kehren sie Zug um Zug überall zurück. Im Dezember 1951 feiert die Marktkirche ihre Ankunft.*

# LEINESCHLOSS

*So sieht es im Juni 1952 aus, wenn man vom Turm der Marktkirche nach Südwesten blickt. Das Leineschloss ist zerstört: Der Rittersaal von 1688, das Wohnzimmer des Kaisers und der Thronsaal wurden Opfer von Brandbomben. Beeindruckend dahinter ist die freie Sichtachse auf den grünen Waterlooplatz.*

*Blick vom Schloss auf die Marktkirche und die zerbombte Altstadt. 1952 meißeln zwar schon Steinmetze hier, doch erst 1957 erhält Dieter Oesterlen den Auftrag zum Schloss-Wiederaufbau.*

*Richtfest fürs Leineschloss. Dass sie zwischen ihm und dem Neuen Rathaus steht, wird der prunkvollen Flusswasserkunst (Mitte) zum Verhängnis: Bald nach dem Einzug des Landtags 1962 muss sie weichen.*

# Eine Stadt blüht auf

Was wäre Hannover in den Mangeljahren ohne sein Grün? Kartoffeln, Gemüse und Obst sprießen in den 25 000 Kleingärten, die 1950 in der Stadt gezählt werden. Lange gab es Lebensmittel nur auf Karten; nun sind sie teuer. Selbstversorgung bleibt Trumpf, so werden im Stadtgebiet auch »2 Esel und 105 603 Hühner« notiert; in etlichen Gärten gackert es. Streit gibt es auch, weil manches Grün dem Wohnungsbau weichen muss.

In Herrenhausen steigt die Große Fontäne wieder 80 Meter hoch; ein Luftangriff hat 1943 zwar das Schloss zerbombt, doch die Grotte, die Große Kaskade und die Freitreppe weitgehend unversehrt gelassen; Galeriegebäude und Gartentheater dienen als Schauplatz für Oper, Konzert und Ballett.

Doch nicht der Große Garten, sondern die überschaubaren 21 Hektar Stadtpark beim Congress Centrum erhalten die Ehre, zur ersten Bundesgartenschau (BUGA) nach dem Krieg hergerichtet zu werden. Nur mit Schaufeln schippen Arbeiter die Bombentrichter zu, tragen tonnenweise Torf und Kuhdung auf und pflanzen Hunderte Bäume rund um ein Wasserbassin. »Der Garten gehört zum Wiederaufbau, er gehört zur Hoffnung nach der Zerstörung, zur Ruhe trotz aller Arbeit«, sagt die Frau des Bundespräsidenten, Elly Heuss-Knapp, zur Eröffnung am 28. April 1951; 1,6 Millionen Besucher kommen bis Ende Oktober. Höhepunkt ist der Blumenkorso am 5. August: Hunderttausende bejubeln den Umzug der geschmückten Wagen, und so findet er bis 1958 noch sechsmal statt. «

*Hoffnung nach der Zerstörung: Auf den 21 Hektar Stadtpark beim Congress Centrum entstehen blühende Parklandschaften für die erste Bundesgartenschau nach dem Krieg.*

# Ein starkes Symbol

*Eröffnungsrednerin Elly Heuss-Knapp reist mit ihrem Ehemann, Bundespräsident Theodor Heuss, an; rechts Ministerpräsident Hinrich Wilhelm Kopf.*

*Die Gartenschau ist ein Symbol des Aufbaus für die ganze Bundesrepublik; so kommt auch Bundeskanzler Konrad Adenauer Ende August nach Hannover.*

*Ein Traum von Rosen: In einer überdachten Sonderschau sind die königlichen Blumen kunstvoll in Szene gesetzt. Aus guten Gründen zeigt die Bundesgartenschau auch viele Nutzpflanzen für Klein- und Hausgärten; doch diese Halle gehört der Schönheit.*

# NEUE LIEBE BLUMENKORSO

*Vereine, Firmen, Kapellen, alle machen jahrelang mit. Hier spielen Hannovers Jazzer beim Korso 1957 mit Gitarre, Tuba und tollen Hüten auf.*

*Prachtwagen: Die »Holsteiner Geige« (links) mit Rosen, jungen Frauen und Musikinstrumenten wird 1951 als bester Wagen prämiert; doch das blumige Anzeigerhochhaus der »Allgemeinen« (unten) ist auch ein schöner Blickfang.*

# DAS TOR ZUR WELT

Schon bald wehen in Hannover internationale Fahnen: 1950 nehmen erstmals ausländische Aussteller an der 1947 erfolgreich gestarteten Export- und Industrie-Messe teil. Der Andrang ist riesig, mehr als 10 000 Fahrzeuge rollen täglich zum Messeparkplatz. Deshalb erprobt Polizeidirektor Karl Brunke eine neu entwickelte, bundesweit beispiellose Verkehrslenkung: Morgens führen alle Wege zur Messe, abends zurück – heute als »Maßnahme A und R« angewandt. Rasch wird der Schnellweg nach Laatzen ausgebaut, eine Schneise quer durch die Eilenriede geschlagen. Das stört damals wenige, man bestaunt die ausländischen Autos gern vom Fahrbahnrand.

Ebenfalls 1950 geht die Straßenbahnlinie zur Messe in Betrieb, auf der für Ehrengäste wie dem bisherigen Militärgouverneur der britischen Zone, Sir Brian Robertson, ein Speisewagen mit Bar verkehrt. Normalreisende gelangen für 30 Pfennig in sieben Minuten von der Stadtmitte zum Nordeingang. Auch der Hauptbahnhof wird ausgebaut und präsentiert sich als moderne Drehscheibe für Reisende; dagegen muten kleinere Bahnhöfe wie in Linden 1959 noch behelfsmäßig und dörflich an.

Nicht zuletzt Hannovers neue Lage am Rand zum Osten hin macht die Stadt zu einem Knotenpunkt auch für den Luftverkehr. Im April 1952 wird der Flughafen in Langenhagen nach sechs Monaten Bauzeit eröffnet, der erste westeuropäische Flughafenbau nach dem Zweiten Weltkrieg. Er wird zum Tor nach Osten, über das Flüchtlinge sowie Berliner Kinder zur Erholung eintreffen. Er ist aber auch Tor zur Welt, ins spritarme England fliegen täglich sparsame Kabinenroller von hier ab. «

*Werbeballons schweben am Himmel, die Varta-Afa-Elektrobahn, Messeblitz genannt, wartet auf Fahrgäste: Der Messeeingang mit den Kassenhäuschen 1951.*

# MODERNSTE TECHNOLOGIEN

*Messeneuheit 1951: Diesen Fernschreiber von Triumph lassen sich die Herren gern von einer Dame erklären. Seit 1950 hat die Messe einen Bereich »Büroindustrie«.*

*Mit Hut und Zigarre: Bundeswirtschaftsminister Ludwig Erhard kommt häufig zur Messe. 1950 werden er und seine Frau Luise vom Zoo-Maskottchen, dem Eisbären, begrüßt.*

*Bagger, Kräne und Transportbänder: Das Außengelände ist 1950 ganz vom Aufbau geprägt. Erstmals ist die Deutsche Industriemesse, wie sie jetzt heißt, international.*

# Alle Wege führen zur Messe

*Alle Spuren Richtung Messe: Diese spezielle Verkehrslenkung wird in Hannover erfunden. Auf dem neuen Messeschnellweg durch die Eilenriede stauen sich 1955 dennoch die schicken Opel.*

*Ein Straßenbahnwagen mit Bar steht für Ehrengäste wie den britischen Hohen Kommissar Sir Brian Robertson (Mitte, ohne Hut) und Ministerpräsident Hinrich Wilhelm Kopf (links) bereit.*

*Der Hauptbahnhof zeigt sich 1959 schon weltstädtisch; Hannover ist Drehkreuz für den Verkehr.*

# ZIELLANDUNG

*Mal eben mit dem Fahrrad zum Flieger: Im April 1952 wird der Flughafen Langenhagen in Betrieb genommen. Diese Maschine ist mit großem Bahnhof empfangen worden, es ist vermutlich die erste Landung von British European Airways hier.*

*Schnell wird Hannovers Flughafen Tor zum Osten. Flüchtlinge kommen an oder, wie hier 1953, erholungsbedürftige Kinder aus Westberlin.*

*Die Empfangshalle: Die Kontrollen sind noch einfach, die Schalter schlicht. Und es gibt Musik, als 1958 der Jazztrompeter Ken Colyer einfliegt.*

# DAS WUNDER VON HANNOVER

Es ist eine Mammutaufgabe und ein kühner Plan. Aus der in 88 Bombenangriffen zertrümmerten Innenstadt will Hannovers Stadtbaurat Rudolf Hillebrecht die Stadt der Zukunft formen. Nicht einfach wieder aufbauen, sondern eine moderne City schaffen, großzügig, durchgrünt und licht, in der sich bummeln, einkaufen und wohnen lässt, umgeben von einem Straßennetz, auf dem der Verkehr mühelos dahinrollt.

Hillebrecht muss über eine enorme Beredtheit verfügt haben. Er absolviert einen Marathon von 411 Veranstaltungen, lässt Verkehrsbefragungen durchführen, beschwört Beispiele aus Amerika, die er besichtigt hat. Wer verhindern will, dass wie dort die Innenstädte veröden und Einkaufszentren auf der grünen Wiese wachsen, so argumentiert er, muss attraktive Geschäftszonen planen und dem Verkehr geordnete Wege dahin bahnen – und ihn möglichst vermeiden. Die City will Hillebrecht erweitern, »Verkehrserzeuger« wie große Verwaltungsbauten aber an den Rand verbannen. Ein Ring aus mehrspurigen Straßen führt rund um die City, der Fernverkehr soll über Schnellwege, Tangenten genannt, am Kernstadtgebiet vorbeirollen.

Denn Hannover ist Drehkreuz zwischen Nord und Süd, Ost und West – und aller Verkehr fließt Anfang der 50er durch die Innenstadt, am Kröpcke laufen die Straßen sternförmig zusammen: »Dieser Hexenkessel muss rechtzeitig kaltgestellt werden, ehe er überkocht«, mahnt Hillebrecht. Der Cityring soll die Einkaufsstraßen radikal entlasten, soll Fußgängerzonen ermöglichen; vom Ring aus werden gerade, schnelle Verbindungsstraßen zu den »Tangenten« angelegt.

*Hannover fährt im Kreis: Für Jahrzehnte ist es ein Markenzeichen der Stadt. Eng wird es 1955 am Lister Platz dennoch, bis die Schnellwege für Entlastung sorgen.*

» In der Verwaltung setzt Hillebrecht den Ersatz der alten Ampeln durch sieben je bis zu sieben Millionen Mark teure Kreisel durch. »Wie Turbinenräder« würden die »die Automobile in jede gewünschte Richtung wegschaufeln«, man könne »mit unbeschränkter Geschwindigkeit bis zum Stadtkern preschen«, begeistert sich »Der Spiegel« 1959 im Titelthema »Das Wunder von Hannover«. Während andere Städte die alte Zerstückelung fortsetzten, seien hier utopisch anmutende Planungen binnen zehn Jahren verwirklicht worden: »Heute ist Hannover die einzige Stadt der Bundesrepublik mit einem System von Stadtautobahnen.«

Für die City-Erweiterung überzeugt der Stadtbaurat die Grundeigentümer, neun Hektar der teuren Gundstücke kostenlos herzugeben. Bei der Baumesse Constructa 1951 präsentiert Hannover seine umwälzenden Pläne. Als beispielhaft gilt das neue Kreuzkirchenviertel mit seiner »Herabzonung«: Die Häuser sind niedriger als zuvor und bilden ein eigenes Areal mit viel Grün dazwischen. Zu schön, um Schule zu machen: Die Wohnungsnot zwingt zu billigeren Lösungen.

Wenig Skrupel haben die Modernisierer, Prunkbauten der Vergangenheit wie die Flusswasserkunst zu beseitigen. Ihr Ideal sind klare Linien und Funktionalität. Für den Cityring-Ausbau wird die zerstörte Bebauung der Leineinsel abgerissen und ein Leinearm mit Trümmern aufgefüllt. Hannover verliert so sein Klein Venedig, wie es im Volksmund hieß. «

*Stadtbaurat Rudolf Hillebrecht auf dem »Spiegel«-Titel: »Das Wunder von Hannover« war der Artikel im Juni 1959 überschrieben.*

*Die Motorisierungswelle ist erst angerollt, doch die Georgstraße ist 1953 schon dicht. Die Gebäude zeugen noch vom Bombenhagel.*

*Idylle mit Hund und Tauben herrscht dagegen damals in den alten Lindener Arbeitervierteln. So romantisch die Häuschen auf dem Foto aussehen: Sie entsprechen schon in den Fünfzigern nicht mehr den Wohnansprüchen.*

# Der Cityring entsteht

*Fast wie eine Mondlandschaft sieht der Aegidientorplatz 1951 aus, als er zu einem wichtigen Verteiler des Cityrings umgestaltet wird.*

*Mitten durch den Nicolaifriedhof wird der Cityring 1953 bis zur Celler Straße geführt, was Proteste auslöst. Das Steintor erhält ein neues Gesicht. Die Nordmannstraße verschwindet, die Artilleriestraße wird verlagert und in Kurt-Schumacher-Straße umbenannt.*

*Nach knapp zwei Jahren Bauzeit rollt der Verkehr rund um den Aegi schon wieder hübsch im Kreis. Im Hintergrund das Theater am Aegi, das ebenfalls 1953 Eröffnung feiert.*

*Wie aus dem Baukasten hingesetzt, hebt sich Hannovers Modellsiedlung, das neue Kreuzkirchenviertel, von den zerstörten Wohnblocks ab. Die Marktkirche hat 1952 ihre Spitze wieder, doch die Kreuzkirche ist noch heftig vom Krieg gezeichnet.*

# EIN MODELLVIERTEL

*Grundsteinlegung für das Kreuzkirchenviertel 1950: Oberstadtdirektor Karl Wiechert, 2. von links, Stadtbaurat Rudolf Hillebrecht, 9. von links.*

# DAS ALTE MUSS WEICHEN

*Das war einmal Hannovers Klein Venedig: Das Luftbild von 1955 zeigt vorn die Ruinen auf der Leineinsel, die dem Cityring weichen muss. Einspurig zieht sich hier noch die Straße vor dem damaligen Landwirtschaftsministerium (heute Ernährung) hin, dahinter die zerstörte Neustädter Kirche sowie rechts hinten die schon größtenteils wieder aufgebaute Clemenskirche, die 1957 neu eingeweiht wird.*

*Sturmfest und erdverwachsen hatte die alte Kröpcke-Uhr selbst Bombenhagel und Demontage getrotzt; doch für ihre Schnörkel haben die Erneuerer wenig Sinn: Etwas Modernes soll her.*

*Mit einer Kranzniederlegung protestieren Bürger 1954 gegen den beabsichtigten Abbruch des 1885 aus Spenden errichteten Wetter- und Zeitanzeigers.*

*Auf einer Windrose mit 56 Städtenamen als Symbol der internationalen Messestadt wird im Oktober 1955 die schlichte dreiblättrige Normaluhr nach einem Entwurf von Karl Cravatzo aufgebaut. Hannover entwickelt wenig Liebe für die »Uhr am Stiel«, 1977 wird sie durch einen Nachbau des historischen Modells ersetzt.*

# DIE KONSUMWELLE ROLLT AN

*Ob das Ersparte das hergibt? Der Traum vom neuen Schick bleibt 1951 für viele unbezahlbar. Nylonstrümpfe etwa kosten zwölf Mark, eine junge Bankangestellte verdient aber nur 45 Mark – im Monat. Da bleibt nur das Anschauen.*

Sehen – staunen – kaufen«, »Jeder Kauf ein Glücksgriff«: die Verheißung nach den Jahren des Darbens, des kärglichen Kaufs auf Kleider- und Lebensmittelmarken. Die letzten werden 1950 abgeschafft, da ist der Kröpcke eben neu gestaltet, aus den Trümmern wächst eine moderne City. Erdmann und Magis trumpfen mit stilvoll geschwungenen Neubauten auf, Hettlage, Heutelbeck, alle feiern Wiedereröffnung. Die aus Vorhängen und Decken improvisierten Kleider sind schnell vergessen.
Polizeiketten müssen bei Schlussverkäufen den Ansturm bremsen, auf Modeschauen führen Mannequins die neuen Träume vor: Kostüme und Mäntel tailliert à la Dior für Sie, Nylonhemd und Dinnerjacket für Ihn. Noch lässt man meist im Fachgeschäft abwiegen und einpacken und Milch in die mitgebrachte Blechkanne füllen. Doch die Selbstbedienung schreitet fort und lockt mit Billigpreisen. «

# DAS NEUE EINKAUFSGLÜCK

*»Sehen – staunen – kaufen« wirbt C & A im Schlussverkauf 1950, angeboten wird etwa »ein Traum von Cocktailkleid samt Petticoat für 3,50 Mark«. Polizeiketten regulieren den Ansturm; die Sehnsucht nach einem Stück Luxus ist heftig.*

*Zerstörte City: Die oberen Etagen fehlen dem Bahlsenhaus im März 1950 noch, unten werden schon Schuhe verkauft. Behelfsläden ziehen sich von da bis zu Karstadt.*

*Moderne City: Wenige Jahre später sind die Baulücken geschlossen. Magis prunkt mit eleganter Fassade und Hannovers erster Rolltreppe.*

# SCHICK IN DER CITY

*Ob topmodisch im Kostüm auf dem Karstadt-Dach oder luftig auf der GOP-Bühne: Modenschauen haben Konjunktur. Genau wie Schulen für Mannequins, wie die Models da noch heißen.*

*Alle mal gucken: Herrenausstatter Erdmann hat auf Zuwachs geplant und eröffnet 1950 mit zwei von vier Stockwerken. Die Modenschau im Fenster sorgt für Getümmel vor dem eleganten Neubau.*

*Da spiegelt der Kröpcke: Mit schwarz-weißen Streifen an der Straßenbahn-Haltestelle ist die City auch an verregneten Sommertagen wie hier im Juli 1954 äußerst fotogen.*

# BEIM KAUFMANN NEBENAN

*Ein echter Kaufmannsladen: Das Lebensmittelgeschäft Peter am Welfenplatz in der List bietet 1954 alles, was man braucht. Ganz nach Wunsch wird gewogen und verpackt.*

*Frohes Neues: Für alles gibts ein Fachgeschäft, auch für launige Silvester-Hütchen. Dank Kerger in der Schmiedestraße kann 1957 lustig starten.*

*Das Kaufhaus Kepa eröffnet 1954 die Ära der Selbstbedienung an der Lister Meile. Lebensmittel gibt es allerdings noch von der Fachverkäuferin. Doch die Angebote der Billigkette machen dem Fachhandel zu schaffen.*

# JETZT WIRD GAS GEGEBEN

Mit 80 Sachen um die Ecke: Das gilt in den 50ern sprichwörtlich als schnell. Zu Beginn des Jahrzehnts qualmen noch einige Holzgasmotoren, im Krieg wegen Spritmangels beliebt, durch die Stadt; auch Fuhrwerke klappern übers Pflaster. Doch meist gehört die Straße – und die Leidenschaft – dem Benzin- oder Dieselmotor, egal, auf wie viel Rädern. Schon Ende 1950 liegt der Bestand an zugelassenen Kraftfahrzeugen mit 19 483 fast auf Vorkriegsniveau, Roller und Mopeds nicht mitgezählt.

Da startet der ADAC auch seine legendären Eilenriederennen wieder. 150 000 Fans säumen die Strohballen und Drahtzäune entlang der 4,8 Kilometer langen Piste, die 1951 sogar Bundespräsident Theodor Heuss besucht. Sechsmal werden die internationalen Motorradläufe zur Deutschen Meisterschaft ausgetragen; bis sie aus Umweltschutzgründen und wegen erhöhter Sicherheitsanforderungen 1956 abgesagt werden – im Jahr zuvor war es beim 24-Stunden-Rennen von Le Mans nach einer Kollision zu einer Katastrophe mit 84 Toten gekommen.

Auf den Straßen wird das Fahren im Korso Volkssport, wer einen »Schneewittchensarg«, den Messerschmitt-Kabinenroller, oder eine Isetta mit der hochzuklappenden Front besitzt, tourt gern mit Gleichrädrigen durch die Stadt. 2589 Mark kostet eine Isetta 1955 – und es gibt sie gleich hinter Hannovers Hauptbahnhof. Doch die steigende Motorisierung bringt auch Ärgernisse wie Staus, Unfälle, Autoklau und Parkplatzmangel. Als der Rat der Stadt 1955 beschließt, das Parken in Innenstadtstraßen zu reglementieren, hagelt es Proteste. Vergeblich, den ersten 35 »Parkometern« in der Luisen- und Rathenaustraße folgen viele weitere.

*Mitten im Wald regiert der Rausch der Geschwindigkeit: Nur durch Strohballen gesichert, wird in der Eilenriede 1950 um die Deutsche Meisterschaft gefahren.*

# HEIZEN DURCH DEN WALD

*Minilaster und Leiter, alles ist gut, was über die Menge wegsehen lässt. Viele Zuschauer kommen auch mit eigenen Motorrädern zum Rennen.*

*Ist das spannend: Auch für den Nachwuchs sind die Rennen ein Höhepunkt des Jahres. Hauptsache, der Maschendrahtzaun schützt.*

*Der Beifahrer hängt aus der Wanne, der Zuschauer im Baum. Bereits vor dem Krieg waren die Eilenriederennen des ADAC hochbeliebt, doch immer höhere Geschwindigkeiten lassen um die Sicherheit bangen, zudem wachsen die Umweltanforderungen. So steigt 1955 das letzte Rennen.*

# Großer Spaß mit kleinsten Wagen

*Wie ein Flügel schwingt die Front zum Einstieg auf: Motocoupé nennt BMW seine Isetta, Mittelding zwischen Motorrad und Auto und mit alten Führerscheinen ohne Prüfung zu fahren. Hinter Hannovers Hauptbahnhof wird die »Knutschkugel« in provisorischen Bauten verkauft.*

*Da hört der Spaß auf: Die ersten Parkometer in der Luisenstraße 1955 stoßen auf Protest. Zehn Pfennig kostet die halbe Stunde.*

*Korso im »Schneewittchensarg«: Mit dem so ulkigen wie kultigen Messerschmitt-Kabinenroller gehts 1954 über den Zebrastreifen am Kröpcke.*

# MIT MUSKEL- UND PFERDEKRAFT

*Hier zählt noch Muskelstärke: Über die Ihme gelangen Fußgänger und Radfahrer 1951 am besten per handbetriebener Fähre, die vom Gelände des zerstörten Lokals »Justus Garten« zur Stärkestraße führt. Heute steht da die Justus-Garten-Brücke und es wird das Fährmannsfest gefeiert.*

*Bis in die späten Fünfziger bleiben Pferdefuhrwerke für viele Transporte das Mittel der Wahl – zum Beispiel für so etwas Schönes wie Palmen ...*

*... oder so Gefährliches wie Bomben. Diese werden bei Bauarbeiten häufig gefunden und zum Entschärfen per Pferdekarren transportiert.*

# DAS LEBEN WIEDER FEIERN

Nun marschieren sie wieder. 1949 wird das Verbot des Sportschießens aufgehoben, die ersten Schützenvereine ziehen 1950 los, von den Stadtoffiziellen noch ignoriert. Doch 1951 sind auch die beim Ausmarsch dabei, Tausende jubeln, erklettern Dächer und Rohbauten: Das größte Schützenfest der Welt lebt wieder. 1955 veranstaltet Hannover auf seiner neuen Schießanlage an der Wilkenburger Straße das Bundesschießen und erhält den Ehrentitel »Schützenstadt Hannover«.

Endlich kann das Leben wieder gefeiert werden. Maschseetage mit Regatta, Feste in Herrenhausen; und ob Kegler oder Kleingärtner: Man zieht gern durch die Stadt. Die Schaulust ist groß, Fernsehen noch rar. So wollen alle live dabei sein, als am 4. September 1951 Prinz Ernst-August von Hannover mit Prinzessin Ortrud von Schleswig-Holstein-Glücksburg getraut wird. 200000 Menschen säumen die Limousinenroute nach Herrenhausen – Pferde hatten die Stadtoberen verboten. 14 Tage lang hätten zehn Näherinnen an der 16 Pfund schweren Seidenrobe gestichelt, berichtet der »Spiegel«.

Hannovers Adel ist beliebt, allen voran Prinzessin Viktoria Luise von Preußen, die Kaisertochter, einziger weiblicher Nachwuchs von Wilhelm II. Bei jedem Schützenausmarsch läuft sie mit, und als am 28. Juni 1954 mit Manfred Götz der 500000. Bürger der Stadt geboren wird, hält sie ihn in den Armen, während seine Eltern sich ins Goldene Buch eintragen. Hannover ist Halbmillionenstadt. «

*Toller Blick: Vom Europahaus schaut man auf die Massen beim Schützenausmarsch herab. Mutige steigen aufs Wartehäuschen-Dach.*

# HOCH HINAUS FÜR DIE SCHÜTZEN

*Schicke Tribüne: 1951 steht der Rohbau von Magis am Kröpcke. Von ganz oben winkt man dem ersten großen Nachkriegsausmarsch zu.*

*Dass da der Hut hält: Achterbahnen, Autoscooter und Bierzelte sorgen auf dem Schützenplatz für Stimmung. Es geht wieder rund, 1952.*

*Alle, alle wollen den Schützen zujubeln: Und dem Anblick dieser hübschen Rücken konnte der Fotograf nicht widerstehen. An diesem Festtag ist das Drumherum vergessen. Die zerstörten Häuser in der City, die Baulücken, die provisorischen Bauten hinten im Bild: egal. Es wird gefeiert.*

# ADELIGE STERNSTUNDEN

*Traumhochzeit in kargen Jahren: Aus 25 Metern kostbarer Seide ist das Kleid von Prinzessin Ortrud genäht, die Schleppe sechs Meter lang. In der Marktkirche werden sie und Prinz Ernst-August von Hannover am 4. September 1951 kirchlich getraut, gefeiert wird auf der Marienburg.*

*Drängeln zu den Welfen: Die Polizei trägt vor der Kirche schicke Tschakos auf dem Kopf und hält nicht immer ganz sanft die Schaulustigen zurück.*

*Hannovers halbmillionster Bürger: Kaisertochter Prinzessin Viktoria Luise übernimmt die Patenschaft für den am 28. Juni 1954 geborenen Manfred Götz. Dessen Eltern tragen sich stolz ins Goldene Buch ein.*

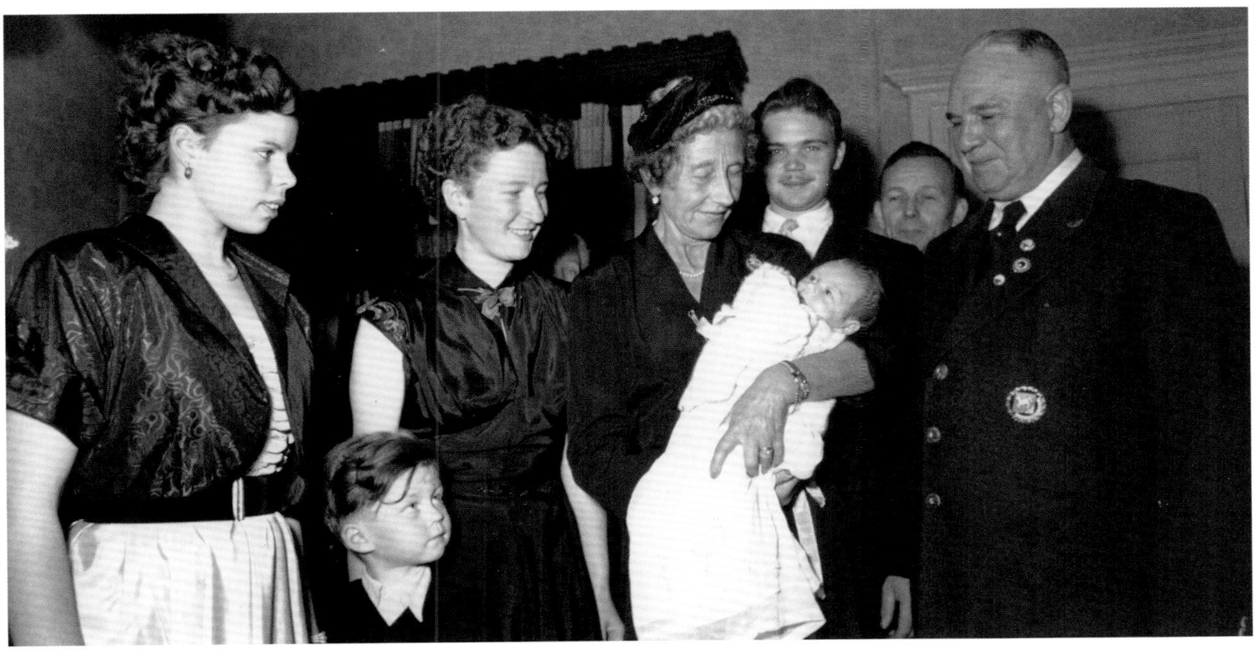

H. Donat Fleischerei

# PROMINENZ UND GROßE PREMIEREN

Licht an, Film läuft: Da spielt die Stärkestraße das ostdeutsche Jena, wo Carl Zeiss zum Pionier der Mikroskop-Entwicklung wird. Andächtig bewundert Linden die Stars Carl Raddatz und Werner Hinz, später durch »Buddenbrooks« bekannt; auch der künftige »Raumpatrouillen«-Kapitän Dietmar Schönherr ist dabei. »Made in Germany – ein Leben für Carl Zeiss« ist einer der großen Spielfilme, die in den Fünfzigern in Hannover gedreht werden. Die Göttinger Filmfirmen liegen nahe, da kommt auch Curd Jürgens an die Leine: »Ohne dich wird es Nacht« zeigt ihn als morphiumsüchtigen Anwalt.

Und Hannovers Lichtspieltheater sind Welt-Uraufführungsstätten – 113 Filme werden zwischen April 1948 und Oktober 1958 hier erstaufgeführt. Niedersachsens Filmgelder tragen zu dieser Wahl bei; doch hat die Stadt auch großartige Kinos wie Palasttheater, Weltspiele und Regina – und einen Flughafen. Ob Maria Schell 1956 »Gervaise« promotet, Josephine Baker oder Zarah Leander im GOP auftreten: Gedränge herrscht in der Innenstadt, wenn die Limousinen anrollen.

Hannover ist eine beachtete Kulturstadt. Knaben- und Mädchenchor erwerben, frisch gegründet, erstes Renommee, Stars spielen am Ballhof, wo Kurt Ehrhardt als Generalintendant einen eigenen Stil prägt. Beim Ballett verschmilzt Yvonne Georgi Freien Tanz mit der Tradition und kreiert in Herrenhausen zu Georg Friedrich Händels 200. Geburtstag ein aufsehenerregendes Gesamtkunstwerk.

*Die Ladenfront ist Kulisse, doch der hohe Eingang original: 1956 dient die Stärkestraße 18 B als Schauplatz für einen Film über Carl Zeiss in Jena im 19. Jahrhundert.*

# VICO TORRIANI UND DIE KNEF

*Nichts geht mehr auf der Georgstraße, wenn Stars zur Welturaufführung anreisen. Ob »Es kommt ein Tag« mit dem Hannoveraner Dieter Borsche und Maria Schell, ob Liselotte Pulver in »Zürcher Verlobung« oder Vico Torriani in »Ein Herz voll Musik«: Tausende strömen herbei.*

*Schlagersänger, Schauspieler, Showmaster: Vico Torriani ist Deutschlands Lieblingsschweizer. Zur Filmpremiere 1955 macht er auf Müllmann, wird aber erkannt.*

*Und dann auch noch im Nerz: Bei der Uraufführung von »Madeleine und der Legionär« gibt Hildegard Knef 1958 in den Weltspielen Autogramme und trägt den Traummantel der Frauengeneration der Fünfziger.*

# DAS MODERNSTE THEATER DER STADT

*Operette, Show und großes Kino: Alles soll im hochmodernen, zwei Millionen Mark teuren Theater am Aegi Platz haben, das am 12. März 1953 mit der Operette »Maske in Blau« eröffnet wird. Ein Lichtermeer erstrahlt von der Decke, auch der elegant geschwungene Rang ist mit einem Lichtband versehen. 1453 Hochpolstersessel warten auf Besucher.*

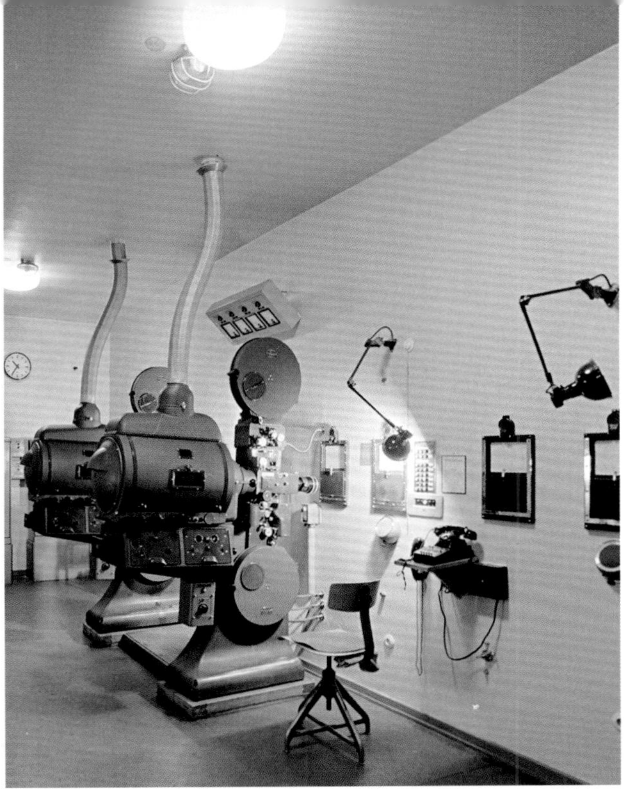

*Technik, die begeistert: Mit dem Ernemann X stehen im Aegi Top-Projektoren zur Verfügung, 180 Kilogramm schwer. Fast alle namhaften Verleiher Deutschlands kommen zur Premiere.*

*In Hannover plagte sich Heinz Erhardt an der späteren Tellkampfschule ab: eine bleibende Erinnerung. Fünf Jahre lang lebte er bis 1924 in der Wennigser Mark. Beim Gastspiel im Theater am Aegi im Juni 1953 tischt der große Komiker daher halbprivat und fotogen wie stets Obsttorte auf.*

# STARS AM BALLHOF UND BALLETT

*Verzicht auf Pathos, nüchterne, dabei tief nachsuchende Darstellung, ein magischer Realismus: So prägt Kurt Ehrhardt den weit über Hannover hinaus bekannten Ballhof-Stil. Als Generalintendant ist er für Oper, Theater und Ballett zuständig, führt Regie und spielt selbst. Sein Willy Loman in Millers »Der Tod eines Handlungsreisenden« 1950 beeindruckt viele.*

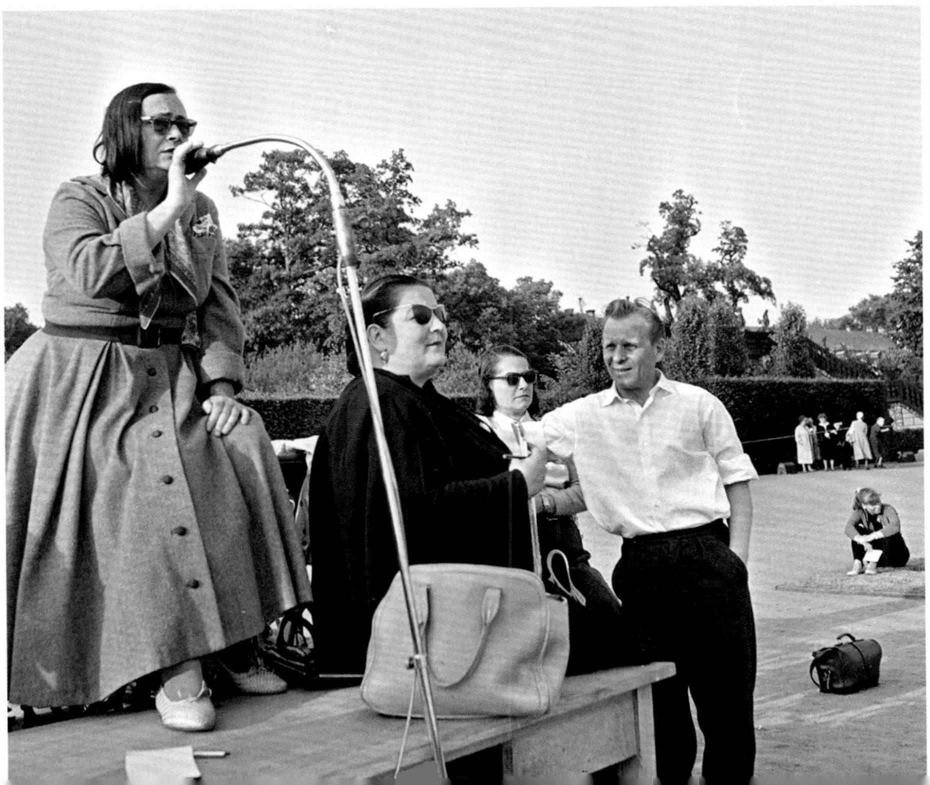

*Ballhof-Stars: Bernhard Minetti (oben rechts in »Der Kaiser von Amerika«) verweilt nur kurz in Hannover; dagegen schlägt Günther Neutze (oben links in »Die Ratten«) sogar ein Angebot des Wiener Burgtheaters aus. Mary-Wigman-Schülerin Yvonne Georgi (links am Mikro) führt das Ballett zu internationaler Bekanntheit. Im großen Garten konzipiert sie im Juni 1959 mit den »Königlichen Spielen« ein Gesamtkunstwerk zu Händels 200. Geburtstag.*

# SCHAFFEN FÜR DAS WIRTSCHAFTSWUNDER

Atemberaubend schnell kommt die Wirtschaft in Schwung. Trotz Zerstörung und Demontage nehmen Conti, Hanomag, Sprengel und Bahlsen die Produktion rasch wieder auf, Telefunken baut an der Göttinger Chaussee ab 1951 den ersten neu entwickelten Fernsehapparat. Da erreicht die Arbeitslosigkeit gerade einen Höchststand: 26 627 Arbeitslose stehen 226 277 Beschäftigten gegenüber – nur acht Jahre später werden schon Gastarbeiter angeworben. Dazu trägt auch das Volkswagenwerk in Stöcken bei, das 1956 nach einem Jahr Bauzeit mit 4000 Mitarbeitern seine Transporterschmiede in Gang setzt. Bald schrauben 18 000 Beschäftigte am Bulli, der zum Symbol des deutschen Wirtschaftswunders avanciert. Hanomag beherrscht den deutschen Traktorenmarkt, Continental bringt 1955 den schlauchlosen Reifen serienreif auf den Markt: Hannover ist Autostadt.

Es geht nach oben – und so baut Continental auch seine Verwaltung: als höchstes und modernstes Bürogebäude der Bundesrepublik. Zur Eröffnungsfeier 1953 gibts einen Autokorso und am ersten Arbeitstag für alle Mitarbeiter drei Brötchenhälften zum Frühstück. Viel wird gebaut, entlang des Leibniz-Ufers wachsen das Arbeitsamt, Ministerien und die Preussag-Verwaltung aus dem Boden, am Georgsplatz eröffnet die Nord/LB 1957 ihren Bau mit typischer 50er-Jahre Rasterfassade.

Ob dort im Schreibbüro, bei VWN in der Näherei oder im Kaufhaus: Frauen sind in der Berufswelt überall präsent. Noch wird streng Frau von – unverheiratet – Fräulein unterschieden, noch benötigen verheiratete Frauen für die Berufstätigkeit die Zustimmung ihres Mannes. Doch wegzudenken sind sie aus dem Arbeitsleben nicht mehr. «

*Die Schmiede eines Kultobjekts wächst: In einem Jahr Bauzeit entsteht in Stöcken das Volkswagenwerk. Ab März 1956 schrauben hier 4000 Mitarbeiter am Bulli.*

# HOCHBURG DER NUTZFAHRZEUGE

*Alle mal reinschauen: Bei einer Tagung des Volkswagenwerks in den Maschseegaststätten werden 1955 verschiedene Transportermodelle präsentiert (links). 1957 verlassen schon Hunderte Bullis täglich das Werk. Langsam rollen sie auf den Bändern durch die »Rohkarosserie« (unten), wo im Akkord geschweißt und geschliffen wird.*

*Nutzfahreuge sind Hannovers Spezialität: Anfang der Fünfziger beherrscht Hanomag den deutschen Traktorenmarkt, 1957 läuft der 50 000. Hanomag-Lkw an der Göttinger Chaussee vom Band, und es wird bis nach Kanada exportiert.*

# FIRMENZENTRALEN UND FABRIKEN

*Herausragend: Im Verwaltungsgebäude der Continental, 15-stöckig und 65 Meter hoch, wird am 28. August 1953 der Einzug gefeiert. Da sieht der Königsworther Platz davor tatsächlich noch wie ein Platz aus. Hinter der Christuskirche in der Nordstadt herrschen dagegen Zerstörung und Leere.*

*In Linden qualmen 1959 viele Schlote: Vorn die Schornsteine der Bettfedernfabrik Werner & Ehlers, in der Mechanischen Weberei dahinter wird noch der einst weltberühmte »Lindener Samt« hergestellt.*

*Als bahnbrechend gilt auch der Preussag-Verwaltungsbau 1953, heute Sitz des Ministeriums für Wissenschaft und Kultur. Dahinter zwei gefallene Riesen: die zweitürmige Garnisonkirche am Goetheplatz und der Gasbehälter Glocksee.*

# DAS FRÄULEIN AM BAND

*Bei Pelikan stehen Frauen in der Füllhalterfertigung am Band, und wie in fast allen Verwaltungen erledigen sie 1950 den Schreibdienst – an mechanischen Maschinen neben plattenspielerähnlichen Diktiergeräten. Ihr ödes Großraumbüro versuchen sie durch Topfpflanzen aufzuhübschen.*

*In Kaufhäusern wie im Einzelhandel stellen Frauen das Fachpersonal: Schuhverkäuferinnen im Schuhgeschäft Palow im Juli 1950.*

*Auch bei der Herstellung und Verpackung von Leckereien sind weibliche Hände gefragt: Arbeiterinnen bei Sprengel helfen der Osterhäsin.*

# Freizeit ist ein bisschen Luxus

Baden, bummeln, Tiere bestaunen, Kaffeetrinken und Tanzen gehen: Hurra, wir leben wieder, ist das Zeitgefühl. Die neue Freiheit, die neue Freizeit will genossen werden. Die zerstörten oder von den Briten beschlagnahmten Freibäder werden Zug um Zug hergerichtet oder zurückgegeben. 1950 eröffnet das Volksbad Limmer wieder, im Kleefelder Bad dürfen ab 1951 an vier Tagen in der Woche auch Deutsche schwimmen. Das stark zerbombte Goseriedebad nimmt ebenfalls ab 1951 Stück für Stück seine Hallen in Betrieb. Doch im Sommer springt man gern in den Silbersee, sonnt sich am Kanal und an den Teichen und plantscht im Maschsee – auf dem sich auch luftig segeln lässt und der in kalten Wintern zum Eislaufvergnügen lädt. Der Zoo präsentiert neue Tiere – Flusspferde, Bisons und ein Tropenhaus – und ist 1956 schon doppelt so groß wie vor dem Krieg; im Tierpark sind bereits 1948 wieder Damhirsche angesiedelt worden.

Dort wie auch in der Eilenriede, im Berg- und im Großen Garten vollzieht sich das allwöchentliche Ritual des Sonntagsspaziergangs; das ist Familieninstitution. Der Gewerkschaftsslogan »Samstags gehört Vati mir« greift erst ganz allmählich, noch gehört Vati sechs Tage die Woche seinem Arbeitsplatz. Doch sonntags werfen sich die Eltern in die sorgsam geschonten guten Anzüge, Kleider und Mäntel und krönen das Ganze mit passendem Hut; die Mädchen werden mit weißen Kniestrümpfen, Lackschuhen und Schleifen herausgeputzt, die Jungen zumindest sauber und heil angezogen, und auf gehts an die frische Luft.

Das kann durchaus auch ein Bummel in der Innenstadt sein, wo es sich im Café Kröpcke mit seinem fast bis zum Opernhaus reichenden Kaffeegarten schlemmen lässt. Oder am Maschsee, wo im Musikpavillon Konzerte unter freiem Himmel geboten werden. Die Maschseegaststätten nebenan sind abends ein regelmäßiger Schauplatz der Tanzturniere, die in den 50er Jahren boomen. Tanzen, bis die Füße schmerzen, bis es nicht mehr geht: Auch danach hat man sich wohl gesehnt. «

*Mit Pauken und Trompeten wird 1956 eine neue Halle des Goseriedebades eingeweiht, damals Hannovers wichtigstes Hallenbad. Heute ist hier die Kunst zu Hause.*

# Sonnen und Segeln gut

*Da liegt die Luftmatratze gleich beim Käfer: Am Kanal sind Parken und Baden 1959 noch völlig frei. Wasserqualität? Gefahr? Ach was.*

*Strand und langer Badesteg: Der Maschsee ist 1950 das Familienbad. Das Nordufer gehört erst noch den Briten, doch im Süden wird geplantscht.*

*Luftig im Zweiteiler gehts zum Segeltörn auf dem Maschsee. So prüde wie ihr Ruf waren die Fünfziger wohl doch nicht.*

# Leben in Hülle und Fülle

*Im Kaffeegarten beim Café Kröpcke lässt sich wunderbar dem städtischen Treiben zuschauen. Das Trottoir führt nahtlos am Opernhaus vorbei; erst die Parkgarage bringt später den Einschnitt.*

*Hier spielt die Musik: Im Pavillon am Maschsee gibts Konzerte umsonst und draußen. Und von der Terrasse der Maschseegaststätten hat man den idealen Blick. Heute steht da das Spielcasino.*

*Abends in den Maschseegaststätten toben die Tanzturniere, so 1954 von der Tanzschule Hagemeister. Oft ist Durchhaltevermögen gefragt: tanzen, solange die Füße tragen.*

# Sonntags in der großen Stadt

*Der Spaziergang gehört zum Sonntag wie der Braten: Im guten Mantel gehts hinaus in die Märzsonne 1953. Den Berggarten trafen zwar auch Bomben, doch nun blühen die Büsche wieder.*

*Auf dem Balkon kanns auch schön sein: Die Tochter des Fotografen – Viola Hauschild (rechts) – freut sich, als Hannelore (links) ihre Freundin begießt. Sommer in der List.*

*Und das sind die Vergnügen des Kleingärtners: zünftigen Skat dreschen und ein kühles Blondes genießen. Im Juni 1959 entsteht die Aufnahme mit den flotten Kreissägen auf den Köpfen.*

Hört Keinen Spuk
seht keine Geister
96 wird ist Deutscher-Meister!

# MEISTERTITEL HEBT DIE MORAL

Es ist das wichtigste Sportereignis des Jahrzehnts für Hannover und findet doch 150 Kilometer nördlich statt. In Hamburg tritt Hannover 96 am 23. Mai 1954 im Endspiel um die Deutsche Fußballmeisterschaft gegen den 1. FC Kaiserslautern an. Sensationell mit 5:1 setzt sich die Elf von »Fiffi« Kronsbein gegen den haushohen Favoriten durch. Der Jubel über den zweiten 96-Meistertitel nach 1938 kennt kaum Grenzen, mehr als 200 000 Menschen feiern die Heimkehr am Bahnhof.

Ein Triumph, der jedoch für die anstehende WM nichts Gutes zu verheißen scheint: Ausgerechnet Schlüsselspieler des deutschen Teams wie die Kaiserslauterer Werner Kohlmeyer und Fritz Walter haben gegen 96 nicht überzeugt. Doch am 1. Juli 1954 drängen sich alle um die raren Fernseher in Schaufenstern oder hängen am Radio, als Rahn das Siegestor für Deutschland schießt. Im Herbst darauf treten die frisch gebackenen »Helden von Bern« live in Hannover an: 500 000 Menschen wollen das Länderspiel gegen Frankreich sehen, so viele Karten sind vorbestellt – doch das Stadion fasst nur 86 000. Der Weltmeister patzt mit einer 1:3-Niederlage.

Allerdings steht Hannover längst nicht nur für Fußball. Rugby, Rennrad, Pferdesport: In vielen Disziplinen mischt die Stadt mit Teams oder Schauplätzen ganz vorne mit. Und die außergewöhnliche Förderung des Breitensports hier motiviert die Deutsche Olympische Gesellschaft 1959, Hannover als »Sportstadt Nr. 1« zu bezeichnen.

»

*Auf zum Finale: »Hört keinen Spuk, seht keine Geister, 96 wird/ist Deutscher Meister« – das Transparent schwingt dann in Hamburg über 20 000 mitgereisten Fans.*

*Man ahnt schon die Westtribüne: Bis zu 26 Meter hoch wird der Innenstadt-Schutt aus den Bombennächten aufgetürmt. Trümmerfrauen wie auf dem Foto sind in Hannover jedoch selten, meist wird professionell von Firmen geräumt.*

» Hilfreich für Hannovers Sportrenommee ist die geniale Idee der Stadtplaner angesichts von 6,5 Millionen Kubikmetern Kriegsschutt in der City. Statt, wie von den Vereinen gefordert, das Eilenriedestadion kostspielig auszubauen, entwerfen sie im Ohegelände eine großzügige Anlage, Herzstück eines künftigen Sportparks. Mehr als ein Drittel des Kriegsschutts lassen sich dort nutzbringend verwerten. Bis zu 26 Meter hoch aufgeschüttet, dienen die Trümmer als Basis für die Ränge.

Trotz strömenden Regens sind zur Eröffnung des Niedersachsenstadions am 26. September 1954 gut 45 000 der 86 000 Plätze besetzt. 5000 Schüler lassen Ballons steigen, Vereine treten zu Staffelläufen und Turnübungen an. An ein reines Fußballstadion denkt niemand, vielmehr soll Spitzen-Leichtathletik in der neuen Arena begeistern. Denn nur das Berliner Olympiastadion ist in Deutschland größer. «

# IM FUßBALLFIEBER

*Hannover zählt noch keine 500 000 Einwohner, doch mehr als 200 000 Menschen strömen am Tag nach dem Endspiel zum Empfang des Deutschen Meisters an den Bahnhof. Per Kutsche gehts zum Rathaus, Kapitän Werner Müller zeigt die Meisterschale, links neben dem Kutscher thront »Fußball-Professor« Klemens Zielinski, hinten Hannes Tkotz, der zum 1:1 und zum 5:1 traf.*

*Eine Fußball-Weltmeisterschaft im Fernsehen: Das gibt es 1954 zum allerersten Mal. Wenige Glückliche besitzen ein Gerät, und so hängen die Fans vor den Schaufenstern. Eher klein und schwarzweiß flimmert innen der Apparat.*

# ALLE WOLLEN INS NEUE STADION

*Ein toller Turm, ein bisschen Dach: Vor dieser Kulisse stürmt Fritz Walter (Mitte) 1956 gegen Russland. Vor 86 000 vollbesetzten Plätzen kassiert der Weltmeister eine 1:2-Niederlage. Doch ob für Länder- oder Meisterschaftsspiele, Hannovers großes Stadion wird gern vom DFB gebucht.*

*So geht Kartenvorverkauf ohne Internet: Kilometerlanges Anstehen (oben), als Rot-Weiß Essen 1955 gegen Kaiserslautern um die Meisterschaft spielt. Die Polizei ist gefordert (rechts), doch das Warten wird belohnt: Das Spiel am 26. Juni verläuft spannend, Rot-Weiß Essen gewinnt knapp mit 4:3.*

# KINDHEIT SPIELT AUF DER STRAßE

Pack die Badehose ein, nimm dein kleines Schwesterlein und dann nischt wie raus nach Wannsee«: Conny Froboess' Hit von 1951 ist wörtlich zu nehmen. Ein Haushalt ist harte Arbeit, mit Waschtag am Zuber, Einkochen, Backen, Bohnern. Ins Freibad ziehen die Kinder daher selbstverständlich allein los, die Großen dazu verdonnert, auf die Kleinen aufzupassen. »So, jetzt geht mal raus«, heißt es auch sonst, wenn Schul- und häusliche Pflichten erledigt sind. Die Wohnungen sind eng, Kinderzimmer ein seltener Luxus. Der Nachwuchs schläft auf einem Klappbett oder der Wohnzimmercouch, und die wenigen Spielzeuge, die Puppenstube oder der Kaufmannsladen, sind wie die Kleidung meist handgemacht.

Draußen aber wartet die Weite der noch leeren Straßen. Seilspringen, Fußball, Völkerball, alles wird quer über die Fahrbahn gespielt. Anfangs bieten auch die Trümmer noch abenteuerliche Spielplätze, und beim Wiederaufbau gibt es jede Menge Sand und Kräne, auf die man, natürlich verbotenerweise, höher klettern kann als auf jeden Baum.

In der Schule herrscht Massenabfertigung. Zwischen 37 und 50 Kindern je nach Schulform hocken durchschnittlich in einer Klasse, da steht »gehorchen« weit oben auf dem heimlichen Lehrplan. Wer stört, nicht lernt oder sonst nicht spurt, dem drohen Prügel, meist den Jungen. Der Schulweg kann lang sein, und natürlich geht man ihn allein. Wer Schlüsselkind ist, etwa 1500 in den Fünfzigern in Hannover, schmeißt daheim oft nach der Schule den Haushalt. In der Landwirtschaft gilt die Mithilfe der Kinder als Pflicht; auch sonst beginnt mit 14 die Lehre – aber erst mit 21 die Volljährigkeit.

Doch so eng und karg für viele Kinder die 50er anfangen: Bald düsen auch sie in neue Zeiten hinein. Rollschuhe, noch zum Umschnallen oder Festschrauben, Tretroller und Kinderfahrrad sind stolze Errungenschaften. Und was man aus vier Rädern eines alten Kinderwagens, Sperrholz, Leim und Kistenlatten so zusammenzimmern kann, das donnert jahrelang in heißen Seifenkisten-Wettrennen den Lindener Berg hinab. «

*Auf zum Baggersee! 1959 sind die geburtenstarken Jahrgänge unterwegs, die Großen müssen auf die Kleinen aufpassen. Gut, dass die Lederhose viel aushält.*

# HANDGEMACHT UND GEFÄHRLICH

*Alle die gleichen Schuhe (oben): Aber schick sind sie zu den selbstgestricken Pullis und den aus Abgelegtem genähten Bollerhosen. Kindheit ist in den Fünfzigern kein Schonraum, selbstverständlich holt Junior Bier für Vati vom Kiosk (links).*

*Natürlich gibt es einige »richtige« Spielplätze. Aber was sind deren Schaukeln gegen die großartigen Röhren und Schotterhaufen, die im Juli 1955 an der Südschnellweg-Baustelle umherliegen. Gefährlich? Die Trümmer waren schlimmer.*

# DIE BÄNKE SIND VOLL

*Im Eiltempo werden Schulen hochgezogen, hell und mit großen Räumen. Denn wie hier an der Volksschule Welfenplatz gilt es viele, viele neue Schüler unterzubringen. Die schauen skeptisch: Zucht und Strenge herrschen meist im Unterricht.*

*50 und mehr Kinder drängeln sich in den Klassen bei der Einschulung wie hier in den alten Bänken der Volksschule Höfestraße. Dank starker Nachkriegsjahrgänge und der Flüchtlingsströme werden 1955 in Hannover 95 000 Schüler gezählt.*

*Und was steht bei dir? Die Zeugnisse gibts handgeschrieben in Heften. Stubenarrest droht zu Hause, wenn Kopfnoten wie »Betragen« und »häuslicher Fleiß« schlecht ausfallen. Für eine Eins oder Zwei winkt schon mal eine Kugel Eis für 10 Pfennig zur Belohnung.*

# Rasend schnell unterwegs

*Das geht ab. Die Rollschuhe sind verstellbar, damit sie lange passen, und werden an die Schuhe gebunden oder geschraubt. Auf den noch nicht zugeparkten Bürgersteigen kann man damit wunderbar Wettrollen und Fangen spielen.*

*Der erste Roller, das erste Fahrrad: Das sind Statussymbole, auf die man stolz ist – auch wenn sie wie so vieles von älteren Geschwistern geerbt sind.*

*Alljährlich brettern die Seifenkisten den Lindener Berg hinab. Die Rennen werden, man siehts, von der Hannoverschen Presse mitveranstaltet und sind eine höchst ernste Angelegenheit mit genauen Bauvorschriften und Abnahme durch den ADAC. Als Preise für die ersten Drei locken Fahrrad, Fotoapparat und Armbanduhr.*

# REBELLEN IN NIETENHOSEN

Die Füße kühlen im Springbrunnenteichlein am Hauptbahnhof? Da versteht Hannovers Polizei keinen Spaß. Doch so schnell sie gegen diese Unbotmäßigkeit einschreitet, so stur sammelt sich eine zehntausendköpfige Menge – zumal dem Wasserwerfer die Munition ausgeht. »Die Wasserschlacht von Hannover« titelt der »Hannoversche Anzeiger« im Mai 1953, spricht von »Himmelfahrtskrawallen«; tatsächlich haben sich wohl nur einige Aligser Junggesellen ein weinseliges Späßchen erlaubt.

Aber die Ordnungshüter sind aufgeschreckt. Zwar trifft sich die Mehrheit der Jugendlichen brav in Kino und Milchbar und nähert sich in der Tanzschule artig dem anderen Geschlecht. Doch manch Arbeiterjugendlicher träumt vom wilden Aufbruch, schmeißt sich in Lederjacke und Nietenhose, heute Jeans genannt, à la Marlon Brando und James Dean, und Elvis Presley liefert den Soundtrack der Rebellion. Die Vorbildfunktion der Elterngeneration liegt in Trümmern, die Lehrjahre sind hart bis hin zur körperlichen Züchtigung. Doch auf der frisierten Vespa, Lambretta oder Rabeneick, da kann man wer sein; so werden die »Halbstarken« zum Bürgerschreck. 1956 pöbeln am 15. August 200 Jugendliche am Bonifatiusplatz Autofahrer an und prügeln sich mit der Polizei, von der sie als »Mopedknatterer« sich gepiesackt fühlen. Die Stimmung ist aufgeheizt.

Und man findet sich schnell auf der Seite des Verpönten wieder. Nicht nur die »Veitstänze« des Rock 'n' Roll werden offiziell gegeißelt, schon der Jazz wird als »Negermusik« geschmäht – obwohl ein Duke Ellington 1950 und ein Louis Armstrong 1952 die Niedersachsen-Halle füllen. In Hannover hat sich eine kleine, aber feine Jazz-Szene etabliert, der »Hot Club Hannover« erlebt unter »Dr. Jazz« Dietrich Schulz-Köhn eine Blütezeit. Die Club-Combo New Jazz Group Hannover wird als erste deutsche Jazzgruppe mit amerikanischen Musikern auf eine Platte gepresst: »An American in Hannover« mit Posaunist Bill Russo.

*Nachspiel zur »Wasserschlacht«: Mit einem ironischen Schild lassen sich Jugendliche am Tatort Springbrunnenteich (rechts) tags drauf für den »Anzeiger« fotografieren.*

# WENN DIE SCHULE AUS IST

*Ob im Bahnhof oder wie hier im Goseriedebad: Die Milchbar ist der Jugendtreffpunkt der Fünfziger. Hier lädt man die Schöne, die man in der Tanzschule oder beim »Limonadenball« in der Stadthalle kennengelernt hat, auf einen Shake ein.*

*Gaudeamus igitur, freuen wir uns also, dass wir Abiturienten sind. Nur knapp ein Drittel der Schüler besucht die kostenpflichtige höhere Schule wie diese Leibnizschüler 1952.*

*Kartoffelroden mit Pferdegespann am Messegelände: In der Landwirtschaft müssen schon die Jüngsten mit anpacken. Auch sonst beginnen für die meisten Jugendlichen ab 14 die oft harten Lehrjahre.*

# ZWEI RÄDER FÜR DIE FREIHEIT

*Zu fünft auf dem Roller? Geht alles. Daheim ist es eng, kein Raum für die Jugend. Da weckt die Fahrt ins Grüne unbändige Freiheitsgefühle.*

*Ob Rabeneick-Moped oder Vespa-Roller: 1959 rollt der Tellkampfschüler mit Stil zweirädrig an, und nicht nur die Haare sind sorgsam frisiert.*

*Überall den Boogie-Woogie hören: Das neue Transistorradio machts möglich. Die ältere Generation aber huldigt dem süßlichen Schlager und schmäht die »Negermusik« der »Halbstarken«.*

# IM UNTERGRUND REGIERT DER JAZZ

*Nach dem Konzert ins »tabu« unter dem Ufa-Theater: Lionel Hampton am 2. November 1954 beim Spontankonzert, »Dr. Jazz« Dietrich Schulz-Köhn (mit Brille) schaut ihm über die Schulter. Rechts George Maycock.*

*Eigenhändig von Saxofonist Hans Keusgen gemalte Musikerporträts zieren die Wände des Jazzkellers am Volgersweg, einem weiteren Domizil des »Deutschen Hot-Clubs Hannover«.*

*Auf der »Fete bei Achim«, so die Anmerkung dazu, probt Hannovers späterer Jazzclub-Vorsitzender und Stadtimagepfleger Mike Gehrke 1959 die angemessenen rhythmischen Verrenkungen.*

# ALLSEITS VERBUNDEN

Ein eigenes Telefon zu Hause? Das ist Anfang der Fünfziger ein Statussymbol, das haben nur die Reichen. Und wer sich eins leistet, bekommt meist viele neue Bekannte dazu, die mal ganz kurz dringend telefonieren müssen. Denn die öffentlichen Fernsprecher, die nach und nach aufgestellt werden, taugen anfangs nur für Ortsgespräche. Für Fernverbindungen geht man zum Postamt, meldet sein Gespräch an, wartet, bis der Beamte den Teilnehmer an der Strippe hat und begibt sich auf Aufruf in die benannte Kabine. Fasse dich kurz, ist dann das Motto, nach drei Minuten kostet es extra.

Das Fräulein vom Amt ist die zentrale Schnittstelle. Hohe Stimmlagen, so fand man heraus, sind über Telefon verständlicher. Hunderte Frauen sitzen in riesigen Hallen an Schaltpulten und stöpseln Drähte zusammen. Doch im Zeichen des Wirtschaftswunders sind schnelle Verbindungen gefragt; ab Mitte des Jahrzehnts wird der Selbstwählferndienst ausgebaut, schon bald können Telefonbesitzer ohne Vermittlung auch ins Ausland anrufen.

Und 1958 wird es richtig mobil. Verfügen zuvor fast nur offizielle Institutionen wie Polizei, Feuerwehr und Bundesbahn über Funktelefone, so geht nun mit dem A-Netz das erste großflächige Mobilfunknetz in Deutschland in Betrieb. Hauptsächlich nutzen es Autotelefone – 16 Kilogramm schwere Apparate. Die »Fräuleins vom Amt« sind aber weiter im Einsatz – erst im Mai 1966 werden die letzten von Bundespostminister Richard Stücklen in Uetze bei Hannover feierlich verabschiedet. «

*Direkter Draht in die Zentrale: Telefunken stellt der Polizei ein Funksprechgerät an den Aegi (links). Auf der Messe 1954 wird gar echte Mobilität demonstriert (rechts).*

# Das Fräulein vom Amt

*»Einen Augenblick, ich verbinde!«, sagt das berühmte Fräulein vom Amt und stöpselt die Stecker in die Buchsen. Nur weibliche Stimmen sind gefragt; mehr als hundert Frauen sitzen 1950 in der Halle im Fernsprechamt Kleefeld.*

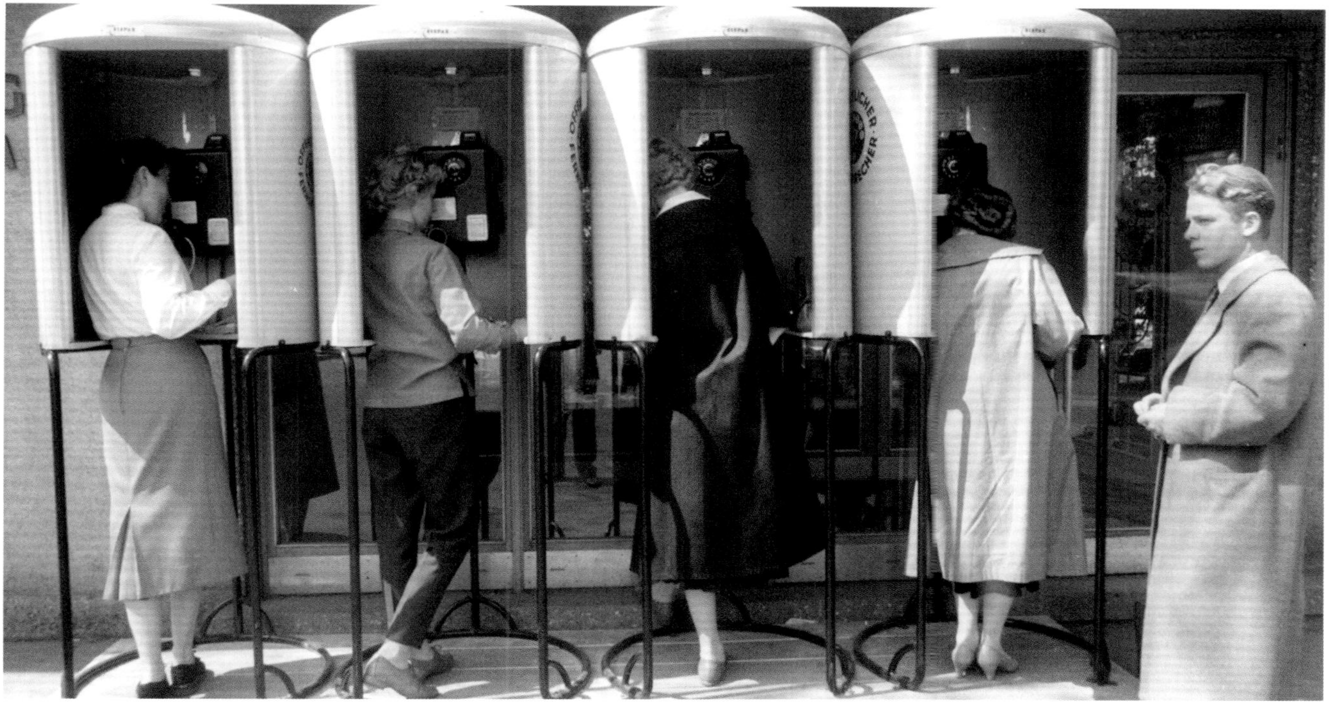

*Eigene Telefone sind noch rar, öffentliche gibts erst nur bei der Post. Im Mai 1956 aber werden am Kröpcke diese Telefonhauben aufgestellt, eine großartige Errungenschaft. Freilich sind dort zunächst nur Ortsgespräche möglich, die kosten 20 Pfennig pro Anruf ohne Zeitbegrenzung.*

*Endlich vor Wetter und Lauschern geschützt: 1958 stellt die damals noch fürs Telefon zuständige Bundespost die gelben Häuschen auf, die jahrzehntelang das Stadtbild mit prägen.*

# Abbildungsnachweise

*Historisches Museum Hannover (HMH):* S. 11 oben, 18 rechts (Foto Heinz Koberg), 20, 22 (Foto Gerhard Meyer), 37, 38, 43 oben & unten (beide Fotos Heinz Koberg), 72, 106 oben, 109 unten.

*HAZ-Hauschild-Archiv, HMH:* Titel, S. 12, 13 oben & unten, 14, 15 unten, 19, 24 unten, 25, 26 oben & unten, 28, 29 oben, 34 oben, 35, 36, 39 oben links, 40/41, 42, 44 (alle drei), 45, 46, 47 oben & unten, 50 rechts, 51, 54, 55 oben & unten, 56, 58 links & rechts, 59, 60, 61 oben, 65 unten, 66, 67 oben & unten, 69 unten, 70, 72 oben, 75 unten, 77 oben & unten, 78, 81 links & rechts, 82, 83 oben & unten, 84, 85 links & rechts, 86, 90 oben, 91, 93 oben und unten, 96 oben & unten, 97, 98, 99 oben & unten, 102, 103, 104, 105 oben & unten, 106 unten, 110, 111, 112, 113 unten.

*Pelikan-Archiv im HMH, VM 067314:* S. 76.

*HAZ-Archiv Wilhelm Hauschild:* S. 8, 10, 18 links, 21 unten, 27, 30, 33 oben & unten, 34 unten, 39 unten & oben rechts, 48, 51, 53 unten, 61 unten, 62, 73, 74, 75 oben, 80, 88, 94, 100, 101 oben, 107, 113 oben.

*HAZ-Archiv:* S. 11 unten (Foto Gerhard Meyer), 16 alle, 24 oben; 50 links, 52, 53 oben (drei Fotos Herbert Hoepfner); 64, 65 oben (beide Hildegard Rademacher); 74, 90 unten (Archiv Werner Müller), 92 unten.

*NHP/HP-Archiv:* S. 15 oben (Foto Heinz Koberg) und 101 unten (Foto Ralf Decker).

*Theatermuseum Hannover (Fotos Kurt Julius):* S. 68, 69 oben links & rechts.

*Archiv Gerhard Evertz: S. 21 oben, 29 unten, 108, 109 oben.*

*Imago: S. 92 oben.*

# Literaturverzeichnis


*Birkefeld, Richard u. a.:* Mit 17 – Jugendliche in Hannover, 1900 bis heute. Begleitbuch zur Ausstellung. Schriftenreihe Historisches Museum, Hannover 1997.

*Drews, Joachim und Henkel, Anne-Katrin:* Proteste an der Leine. Reihe Lesesaal Heft 9. Nds. Landesbibliothek, Hameln 2003.

*Evertz, Gerhard:* Jazz. Eine Zeitreise durch das Hannover der 50er- und 60er Jahre, Hannover 2000.

*Geiling, Heiko:* Das andere Hannover. Jugendkultur zwischen Rebellion und Integration in der Großstadt, Hannover 1996.

*Gesellschaft für Filmstudien e.V. (Hrsg.):* Lichtspielträume – Kino in Hannover 1896 bis 1991, Hannover 1991.

*Hammer, Sabine:* Oper in Hannover, Hannover 1990.

*Knocke, Helmut und Thielen, Hugo:* Hannover – Kunst- und Kultur-Lexikon, 4. Auflage, zu Klampen Verlag, Springe 2007.

*Lange, Rudolf:* Kleiner Spaziergang durch Hannovers Theatergeschichte. Reihe Prinzenstraße, Heft 2, Hannover 1994.

*Mlynek, Klaus und Röhrbein, Waldemar R. (Hrsg.):* Geschichte der Stadt Hannover – Bd. 2, Vom Beginn des 19. Jahrhun. bis in die Gegenwart, Hannover 1994.

*Röhrbein, Waldemar R.:* Kleine Stadtgeschichte Hannovers. Regensburg 2012.

*Steinweg, Wolfgang:* Hannover – Bewegte Zeiten – Die 50er Jahre. Gudensberg-Gleichen 1996.

# Die Autorin

Evelyn Beyer, geboren 1954, hat selbst noch zwischen Trümmern und in hastig hochgezogenen Rohbauten gespielt. Während ihres Studiums der Germanistik und Anglistik hat sie freiberuflich für Printmedien und den NDR in Hannover gearbeitet, später die Hannover-Redaktion der Zeitschrift »Prinz« geleitet und zuletzt als fest angestellte Redakteurin für die Neue Presse Hannover über kulturelle Themen berichtet. Sie hat drei Kinder und ist nicht zuletzt ihretwegen froh, dass Fotografen wie Wilhelm Hauschild die damalige Zeit so faszinierend festgehalten haben. Aus dem großen Schatz der Zeitungs- und Museumsarchive, aber auch von Privatleuten, hat sie Bilder und Fakten zusammengetragen, die diese besonderen Jahre Hannovers lebendig nacherleben lassen.

# Kennen Sie das noch?

Den Anfang dieser kleinen Buchreihe machte der Hannover-Experte Michael Krische mit einer Bilderreise durch die historische Leine-Stadt. Der Auftaktband unter dem Titel »Kennen Sie das noch? Eine fotografische Reise durch das Hannover vergangener Jahrzehnte« ist ebenfalls bei der MADSACK Medienagentur (ISBN 978-3-940308-90-0) erschienen. Monatelang hat Krische, langjähriger Redakteur der Hannoverschen Allgemeinen Zeitung und der Neuen Presse, alte Fotografien in Archiven recherchiert, die interessantesten hat er in diesem wunderbaren Band zusammengestellt und kenntnisreich beschrieben. Sie werden staunen, wie sehr sich Hannover in den mehr als 100 Jahren dieser fotografischen Zeitreise verändert hat.

August-Madsack-Straße 1
30559 Hannover

1. Auflage: November 2016

Autorin: Evelyn Beyer
Gestaltung, Umschlag, Art Direction: Florian Knabe
Lektorat, Satz: zu Klampen Verlag, Springe
Projektleitung: Susann Heller
Druck: Göttinger Tageblatt GmbH & Co. KG,
Dransfelder Straße 1, 37079 Göttingen

ISBN 978-3-946544-06-7

Bibliografische Information der Deutschen Nationalbibliothek:
Die Deutsche Nationalbibliothek verzeichnet diese Publikation
in der Deutschen Nationalbibliografie; detaillierte bibliografische Daten
sind im Internet über ‹http://dnb.dnb.de› abrufbar.